Salt

盐粒

毛君娣 著

天津出版传媒集团

百花文艺出版社

图书在版编目（ＣＩＰ）数据

盐粒 / 毛君娣著. -- 天津 ：百花文艺出版社，
2024.8
ISBN 978-7-5306-8737-6

Ⅰ. ①盐… Ⅱ. ①毛… Ⅲ. ①诗集－中国－当代
Ⅳ. ① I227

中国国家版本馆 CIP 数据核字（2024）第 090161 号

盐粒
YANLI
毛君娣 著

出 版 人：薛印胜
责任编辑：赵 芳
装帧设计：吴梦涵 褚菲菲
内文插图：陈利妹 张 炳
出版发行：百花文艺出版社
地址：天津市和平区西康路 35 号 邮编：300051
电话传真：+86-22-23332651（发行部）
　　　　　+86-22-23332656（总编室）
　　　　　+86-22-23332478（邮购部）
网址：http://www.baihuawenyi.com
印刷：三河市华东印刷有限公司
开本：880 毫米×1230 毫米 1/32
字数：160 千字
印张：5.5
版次：2024 年 8 月第 1 版
印次：2024 年 8 月第 1 次印刷
定价：58.00 元

毛君娣

———————

诗人，小说家。
1984 年生，绍兴上虞人。
现供职于上虞区文化馆。
有诗歌见于《诗刊》《人民文学》
《青年文学》等刊。
出版有诗集《黑暗中相逢》及
小说集《月亮岛》。

目录
CONTENTS

与故乡相爱

累了，就回去故乡，看看那个
襟山带水的地方。

看藤蔓如何缠绕老树
这是我与故乡相爱的方式。

看古老的河，一个人欢喜地占有
宽容自己无所事事，时不时地与它
抵足而眠。

一个人迎接和尊重一场降落在
自己头上的雨，就像迎接和尊重
一个乡下的神。
有一天，它会认出我眼里的蔚蓝。

盛开的蒲公英在风里，已为我
准备好归去的种子
落进那片向阳的土地。我知道
你会喜欢。

野茶记

枯枝是现成的，涧水也是。
山风是现成的，寂静也是。
已舍弃的，要舍弃更多。就像大雪
压进深山。
一身无物般坐在山间，煮茶，观心
顺便想一想，除了死亡
还有什么尚未完成。

黄鹤去哪儿了

有那么多替代时间的事物
流水，云朵，苦蝉，还有野菊
都秒针般从我眼前流逝
我最爱那只黄鹤，杳不可见，却总在那里

整个生命薄薄的尘雾
它吃，吃掉多余的锈迹，吃掉有限
那是生活的镣铐。流水和云朵
献出雨水，苦蝉献出歌声，与野菊
争辩着相似的命运
它却总在那里，是众神的伙伴
正怜悯着我。

夜读

————————

霜降夜先读寒山，再读杜甫
一山坡的枯枝在故纸堆里

我认下禅心和废墟，像认下
镜中的自己。认下死于大风的茅屋
仿佛死亡的对手真是自然的铁器

我等待……净身于霜白的灰烬
在寂静中带来多重意境。

一个夜晚即将过去
我知道，我天真了。
今夜，空山和庙堂在暗中
那些幽昧的事物并无二致。

咏菊

你并未被霜摧毁。即使你后退
再后退，一直退进旷野。
在死亡的墓碑前，冬天悄无声息

啄去素裹的羽冠。你的嘴始终缄默
衔住无止境的虚有，仿佛衔住大地上
独一无二的存在

永恒真的被你攫紧？连同身体里
那些尚未说出的深渊？

这是致命的。一夜尽放的野菊花
你置身于你的寂静，才终于接近完整。

断章

我们于时间的暗礁间互相追逐
像在语言诗意的重负下，两个渴望狂奔的韵脚。
可怕的激流在峡谷上空久久回鸣
空寂的墓碑，正准备刻下你我的名字。
我们忽然保持一致沉默。

而彼时，迟来的船
开始在离别的故乡说起悄悄话。
一切重又回归平静。
瞧，多好啊！
我们终于不必再害怕失去什么了。

致月亮

但这是真的。你的轮廓
几近喑哑。即使光线如此缜密地排列
又无数次落下。即使你最终滑向我
或者它，或者别的存在之物。
你终将两手空空，旷古寂寞地
悬浮在空中。

是的，如今我和你一起
痛苦显得不合时宜。
因为浩荡的天地站在我面前。
我曾怎样在上升的夜晚向空旷
祈求迟来的抒情，必将以
同样的狂热在空旷中
忘记那些阴影。

甚至，我已准备好
要以同样的方式，向我的渺小致敬。

存在

入口、出口，都是有人划好的
照着走就是了
当我想从既定的路线偏离几步
立刻有人牵住我的手
让我感觉，我在破坏某种整体
许多年，我这样工作，生活
像一个衔接 A 和 C 的字母
或者，一个偶数和偶数间的奇数
以此保证一个队列的完整

终于走到一片雪境，茫然的雪
轻而易举覆盖掉我的身份
存在突然模糊，其消融的速度
不亚于一个人从生到死
我想过这可能是个错误
站在新的入口，我得到一次
纠正的机会。应该说
这一次，我让自己掉出队列
顺服内心就像顺服一粒
饥饿中的大米

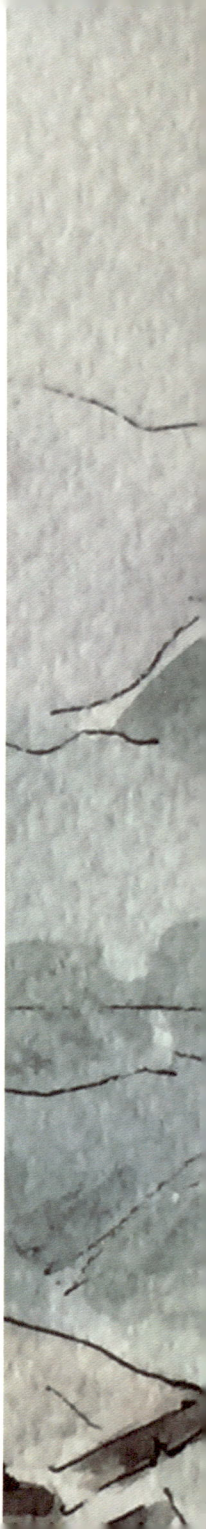

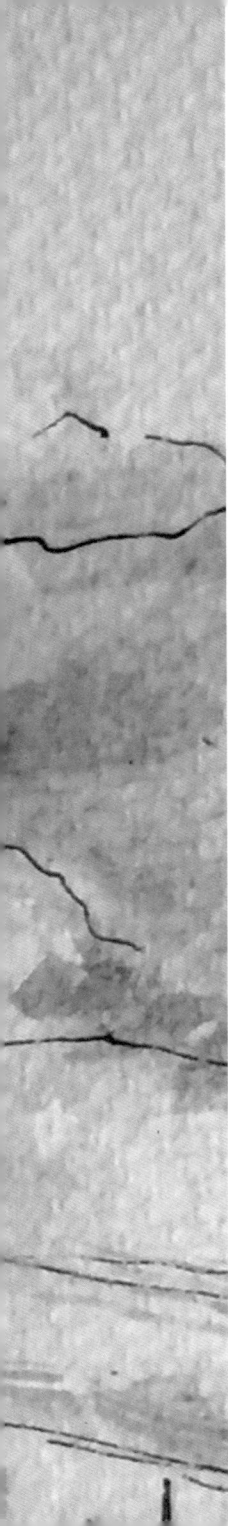

爱，体验，遭人嘲弄
执拗地从人世间出走
像钟摆在共振场中
突然独自舞动出痛感
终于又走到同一片雪境
我和我在雪地里相遇
仿佛两个孤儿，在茫然的
干净里

田野上没有墙

————————

大风在田野上吹了三次。

我种下麦子，豌豆，番茄。
种下暖的葵花
和一个家。

大风把田野吹成青色，红色，金黄色。
吹出果实，种子和花朵。
大风把家吹得稀巴烂。

田野上没有墙，葱茏
浩浩荡荡。
田野上没有家，荒芜
浩浩荡荡。
我躺在葱茏的荒芜里
把你想了又想。

老房子

———————

老房子闪着奇特的光芒。
一夜之间，墙上的白石灰
都变黄剥落了。它不会发现
门与门之间，穿堂风彻夜未眠。

这就是为什么身边熟悉的
事物总是变幻无常。
这样思索着，我立即抓紧了黑暗。
要一直这样走，走到死去
才能够到永恒的星星。

寒色死于火焰

寒色死于火焰
夜，死于光与光的纠缠。
一切都会过去，唯有
最后燃烧的时刻，迟迟未能到来。

田野上的稻草，像皱纹
一样。那空寂的部分
比死亡更为真实。
但我害怕的，不是走向岩石深处
而是日复一日，无所用心。

致雀书

向上的途中，空气
是稀薄的。附在你翅膀上的
苍耳、鬼针草、蒲公英
斩断家的边界，终生
纠缠着无限

山顶也许有新鲜的庙宇，也许
一片空寂
也许上升后也无非在云雾中汇合
又散去
这些抓着你不放的问题
像一部怀疑之书

缘于你在有限和无限中枯荣
缘于有序和无序都是自然的

春天总是会来的

春天总是会来的
在这之前，不如学谢灵运
写几首山水诗
旷野寂静，也开出小花小草
不雍容，也圆满。

不如把闭着的眼睛睁开
看看尘世的苦，再尝一尝
活着的甜，以此编织
时间的荒芜
再去爱一个想爱的人
无所遗憾。

山中抚琴

————————

山中抚琴，我忽然爱上
一个想象中的琴人。
他的琴中有炽热的过去

一种孤独不能捕捉他，被火焰
灼伤的恐惧也不能。

他与流云同速，与我的灵魂
保持同等重量：悬浮在天地间
这是一粒微尘所能抵达的
最高自由。

我凝视和领受的所有深渊，在此时
抽空了它全部的意义。

妈妈

没有太阳。没有月亮。
没有一扇可以打开的窗户。

黑咕隆咚的地板长出黑咕隆咚的桌椅。

妈妈坐在半间屋子里，脸依偎在臂中。
有一阵儿，她别过头，望向我。聚拢的目光
像一件没有拧干的上衣挂在暗中。

这不是一个母亲寻找她的孩子
这是一个女人寻找另一个女人。

道塘老街
葱娘 [印]

火烧云

火烧云，又是火烧云，那么多人
举头望它。

让我悲伤的，不是看不到神明
而是天空中突然出现的一匹马。
缓慢移动着，烧着火，天上的白云
抽打着它。

要逃，逃到鲲鹏的翅膀中去。
不必缄默着，领受莫须有的鞭子。
不必等待此刻，一个地上的囚徒
抱着它哭泣。

要逃，逃开庸常的生活，与整片
流云和晚霞为敌。

这个烧着火的傍晚，一匹马清瘦的马蹄
从我身上踏过。
我听见我的骨头在忧愤中断裂。

水杉说

站在水中，鸟的羽冠，在洁与不洁之间
辨不清真假。身上的新绿忽成枯枝
我竟一时恍惚。一个翻转的世界
自有它的游戏规则。

必须于旷野中清洗，这疙疙瘩瘩的伤口
需要多少空寂，才能扭转。

必须抱住破碎的明月和枯枝，像抱住
体内的肋骨，撑起人字的形体。

听蝉（一）

那是我第一次给一只
死去的蝉送葬。
在屋后垒起一个土丘，形状如同
村庄背面那些大大小小的坟包
这没什么可疑惑的。盛装死亡的容器
都大同小异。被黑暗裹紧
瞬间回到最初的样子。

美妙的是它抵达死亡后
新的旅程。时空剥离开已知和未知。

把已知挂在树梢。
未知放进口袋里，随身携带。
像携带一份天赐之物。

我不知道，它是否会在地穴深处
再一次缔造出声音。

游湖途中遇大风

让大风吹上船头吧，天空
不会一直这么阴下去的
让失措摇上桨橹吧，再来一个傍晚
远处就会破开一线晚霞
找不到神经的水葫芦，跌跌撞撞
盲目着生死疲劳。一只白鹭
插进破碎的蓝脸，就像插进
一个人的灵魂深处。
时间在湖面上软禁。记忆
清晰地显现。不必再等待了
活着的开与合。漂泊在云层与
大地的裂隙中，靠在爱人肩头
享受刹那死亡的错觉。

那一瞬间

那一瞬间你突然安静，你替代
失语的手势，不断拉长一英尺的距离。

那一瞬间人群在远处密集。
近处，被临时赋予的一小片伤口
正替代一双失眠的眼睛。

犹如隐秘岁月的裂缝，那一瞬间
谁也不能占有你，在迸裂的人群中。
那备受折磨的胸腔
既不会将你出卖给白昼
也不会让失去的恐惧将你再次鞭笞。

那一瞬间，我们终于变得陌生
仿佛你真的遗弃了我
而我也不再爱你。

诗境

每一个诗人的身体上
都躺着一片山水
曲线饱满，悠长，无须想象力的见证
山给出回音，向自然敞开它的信任
就像此刻，山水躺在我身上
占领我的眼睛，鼻子，毛孔
有形无形，多么幽美

一个诗人连同一个自然
睁开眼，满目青山移步换景
闭上眼，与流水享天下，与庙宇分半壁江山

道塘老市

我深埋于海底，就要窒息

我的头发 我的手，我的嘴和眼

我的皮肤停止呼吸

已经背叛我的意志

我看到上世纪一件冰冷的游泳衣

还在海底穿行

它拖着长长的水草，名满灰尘

它侧脸注视我

如注视一件挂在壁橱里的艺术品

多么精美啊！它赞叹。

它的目光穿透我的身躯

看到另一个孤独的亡灵

盐
粒

Salt

无题（一）

仿佛夜色被掠夺，被一场秋雨的醉意吞没。
一个失眠的夜晚因虚无而缔造。
荒废之墙渐渐清晰。靠近。
于是沉默。再沉默。
夜色中唯有阴影会看见：
在苍白风景里沉沦的我的影子。
它会看见衰败的暮夜之歌划过死寂的屋顶
从荒野里攀爬而起。

这就是你给我的：
  "从记忆里获取悼词，在黑暗之中
倾听一只高脚玻璃杯的秘密嗓音。"

我为此发了疯。
难道还有比这更为糟糕的遭遇？
谁会相信那些狂热的低语，必将熄灭或
枯竭的渴意？谁会原谅一只迁徙
候鸟的无声啜泣，以逝者的身份？

我深埋于海底

我深埋于海底，就要窒息
我的头发、我的手、我的嘴和眼
已经背叛我的意志
我的皮肤停止呼吸

我看到上世纪一件冰冷的游泳衣
还在海底穿行
它拖着长长的水草，落满灰尘
它侧脸注视我
如注视一件挂在壁橱里的艺术品

多么精美啊！它赞叹。
它的目光穿透我的身体
看到另一个孤独的亡灵

昨日重逢

在咖啡馆遇见你我感到惊奇
我的喉咙，伸进祭坛
就要咽下整个世纪。

高分贝人群的嗓音
使空气在瞬间失去平衡。
你好啊。我说。
万事通行的礼节，我像个傻瓜
把手放进大衣口袋。
一个昨日的幽灵
啃啮肉身。

那天夜里，我和你，我们在旅馆
最后一次相爱。天空下起雪
那些黑暗中压出的满
突然向我展示反向的空白。为了在告别时
忍住不去触摸你的手指
我克制自己，就像此刻
从一杯五分满的意大利咖啡前
把手拿开。

我不能辨别

我们躺在月光里
像两阵旷野的风
朝同一个漩涡狂奔
像两块顽石
一块撞向另一块
或者，另一块撞向这一块。

有时我会想
我的总是更重。
不，也许更轻？
我不能辨别。

收拾好被风吹皱的草丛
两具灵魂不再赤裸
你猫头鹰的眼走向清晨
与月光分离
这让你看上去像我
忧伤、绝望

不，也许你不像我？
我不能辨别。

那些爱情

傍晚，走过街心公园，你看见
一个女人倾斜着舞蹈
激烈，冒险。
当她旋转，身体的重心
不断偏离原点，肢体舞动
像故意甩开音乐。狂野的节奏闯入
你的身体。这让你想起过往
你经历的那些爱情，没有目的地
从不衡量。甩开锅和勺子
一个爱需要的房间
唯有美感将你紧紧攫住
像攫住日落前的暮色，像街心公园的
这个女人，在回忆里
再经历一次
——给出全部的自己
并不容易，却又如此脆弱。

秋日，在西湖眺望一座水中的"孤岛"

是的？是的。我们中的两个
一起虚构了这场梦境。
这是在九月，城市闪着凉意，
我还没来得及找回自己。
被揉碎的冷峻率先找到我
将我带入冷峻的中心。

此刻，那一小撮燃烧的烟雾已湮没，
湖水蜷缩成一团。
我们趴在水面上，露了一会儿脸：
你因湖水的阴影纠缠几乎就要被折碎。
我在痛苦的回声中一辨再辨。

（请你告诉我，我们将游向何方？
告诉我如果我饮下这绝望，我又将为
这座水中的孤岛书写怎样的罪名和预兆？
而如今它正屈着柔软的膝盖，
美得变了形……）

我想到这是个水平的世界。
椭圆的秘密不过是为人们呈现
地球表面的孤独震颤。

（我们该做什么，面对这孤独而沉坠的空间？
或者，任由死亡的游戏
悄然成形，然后在崩溃中瓦解？）

我想到这是个窒息的世界。
永无止境不过是为人们呈现
凋残姿态。

（或者我该远远走开，
像触须丧失飞翔，从此闭口不谈？）

日常一种

什么都不要乞求。一个人
湮没于时间的碎片。
只有在新的蔬菜和大米那里
还存在着归整的收纳盒。

而我，变成了什么？我不知道。
也许是一枚豆角不起眼的尾骨上
被拗断的一小截青藤
在日复一日的光线里
凝视冰冷的邮箱
期待从那里寄来一件暖色外套
遮蔽住破碎和虚空。

无题（二）

告别。永远在告别。就像
每个夜晚突然向着黑色苍穹
轻轻侧身。就像无数次抑制自己
在醉酒的灵魂面前咽下那些悲泣的词。
而我不曾更虔诚地接纳它们
欲望总是比词语更早抵达舌根。
也许，正来临的冬天会明白
吞噬生命的，不是绵软的梦乡或
温床，而是骤然熄灭和消失的
一段向内的奏鸣。

我几乎感觉不到它的出没。
我让逝者转身。让生活
在时钟的指尖上嘀嗒作响。碎裂。
生活，它笨拙地站在我面前，让我
一次次俯身。它被受伤的人们从
虚空的怀中抛掷。
而我何等疯狂。我活着。
赞美欲望，放纵古老的颤音。

我活着，让熟悉我的瓦解我
破碎我的走近我。

难道我真的以为，倘若我顺服了自己的
内心，就不必再面对更为荒凉的自己？
难道我真的无法辨认，这是什么样的忧伤
在拨动，在我的体内不断沉坠？

齐物一种

放下庄子的齐物论，去注视荒地里
一株野生的卷心菜，它的叶瓣已然成球状
紧巴，满是褶皱，像一个人被时间围囤
正处在不够松弛的季节。接下去
它将面临衰退，枯败，消失
童年像倒带，在记忆中显现，循环往复
那种冠帽姿态，雪一样透亮
爱尚未被恨撕裂，正面尚未生长出反面。
有一瞬间它布满经纬的额头低低下垂，似乎要
匍匐着从晨光里嗅出活着和死去
似乎要一次次在有限中更接近自然
我不能不爱它。它是刍狗
我也是

迎春花

迎春花因过剩的营养，虚散于
不容置疑的位置。空气里
到处打着被自然圈养与珍爱的
广告。

妈妈，春天来了
春天从沉睡中醒过来了。
迎春花开出如我般消瘦的
青春和记忆。

妈妈，我一无所有。
一无所有地爱着这个世界。
如迎春花一般，爱它的空
爱它的破碎。

听蝉（二）

————————

听它，是听另一种声音的艺术
由大自然的力量主宰，既空无一物
又充满所有，既是开始
也是结束。
起承转合，完善一个接纳的
容器是必要的。从耳膜到心脏
从半空向天际扩散。
低音，高音，回到最初
那种螺旋式的走向，像极了
一个人从生到死。
我不是在大地上独自站立。
大自然的仁慈没有墙壁。

一個人從生到死。

我不是在大地上獨身站立

大自然的仁慈没有墙壁。

甲午正月 起又

聽它，是祂另一種聲音的藝術

由大自然的力量主宰，既出無一物

又充滿所有，既是開始

也是結束。

起承轉合，完善一個接納的

容器是必要的。從耳膜到心臟

任半徑向天際擴散。

譬如玉兰

常常在枝头开着开着，便错开了常规的
约定俗成。仿佛它不需要

一个时间的神， 为它打开新生的锁眼。

而暮色总是低垂，白的花瓣在秋天
长出孤绝的花蕊。这是走失于同类的奖赏
或惩罚

就像它过长的花期，总是与爱和疾病为伍。

那是缠住它不放的命运。
那是缠住我不放的暗物质。

大雪

雪落下来时
我什么也不必做
只须静静看它
像一个存在的物
看另一个存在的物
这样，我才能在它之外
这样，我才能漫步其中
当我发现这个秘密
我已在雪地奔跑太久
身体里积满了雪块

林中所想

一个想做一棵树的人

在林中喝茶

一辆大巴突然滑向世界的彼端

陷入悲怆沉默

阔大梦想和至暗时刻，虚和实

第一次意外联袂

第一次同时抽打我

像已知抽打未知

像死亡抽打存在

屏住气息，走入寂静

开始和终结都不在手中的人

正好用来耕耘。向风申请悲悯，并等待

在抽打中敛住落叶

那么轻，那么重

也许草木无所谓卑微，脚下的蚂蚁也是
也许顺从的枝条也并非顺从，不过是
把头顶的大雪看做笑话。

山风萧瑟，寂静，没心没肺地吹过
站在大风里看一个天地，再看看自己
苦在身体里是那么轻
灵魂也是。

山中岁月

———————

一间屋，两个人
冬天吹出蔚蓝的风。

三餐。插一枝两枝野荻花
也能白如雪。烹茶，对饮，像古人。
虚无的日子里互相取暖。

天黑前坦白一个藏了很久的
秘密。醒来
读一首山外的诗。

诗中的少女
正在炮口
种下哭泣的玫瑰。

边界

大片奢侈的明亮从你笔下泼出。
设想完美无缺，要像梵高画中的
向日葵，抛弃黑色和灰色。抛弃暗和破碎。
一个过于偏激的词？那可不行。一些
敏感事件？这容易踏进
陷阱。
似乎爱情是安全的，倘若去掉苦杏仁的
隐喻？

有一阵儿，你坐在厨房，不止一次写下
具体的食物：番茄，玉米，南瓜。红的和
黄的。一种新鲜的亮。
引发你的饥饿。

有一阵儿，你想到火焰
松了松笔下的诗行。

诗因过于明亮而苍白。

应该探测诗的边界了。小心，谨慎
怀抱一点点羞愧。

祭祀

我在母亲身上见识过那种力量
不止一次，像封门的积雪

压在一张病容上。像两种白紧紧焊实
——这一次

母亲站在祖先们身后，烛光如铁般
撕裂，抽打

那是我不敢正视的。

人在受难路上长出的
一身肃穆，蒸馏了雪。

冬日

冬日。太阳快要落山
回光把天空再一次打开
那么亮，那么白

我在荒树下打坐、冥想
把心看做面前的树
荒野求生，却有
物外的超脱。深扎在土里
却有不被人注意的
隐忍和悲悯

这是多么微小的喜悦

从幽暗中生长
进入茫茫天地的白

你（一）

这许多年，你已学会忍耐。
碰上糟心的事情，不再呐喊
或者怒发冲冠。
身上的锐气已经磨平，布满哀伤。
当你说，要对这样的日子心满意足
我的眼泪跟着便流了下来。
我想起年少时生活的地方
那里的每一座森林都住着
一个砍柴人。
每一个砍柴人
都做着自己王国的国王。

傍晚，走过街心公园，你看见

一个女人倾斜着舞蹈

「她旋转、身体的重心

激烈，冒险。

你的身体。这让你想起过往

像故意甩开音乐。狂野的节奏闯入

不断偏离原点，肢体舞动

从不衡量。甩开锅和勺子

你经历的那些爱情，没有目的地

唯有美感将你紧紧攫住

一个爱需要的房间

像攫住日落前的暮色，像街心公园的

这个女人，在回忆里

冉经历一次

除夕

———————

酒已经满上，祭祀的
鸡鸭鱼肉已摆好
神灵们正在赶来，我相信
一年的爱恨情仇终将了结。

万籁俱寂。天空肃穆，沉默
时间会赦免一个旧年
残雪会赦免阴影
我相信。

你（二）

———————

其实没关系，朋友，象征岁月的斑块
如污渍浓烈。但你毕竟乐观
年少的旧日子干净见底
是美好的样子
黑就是黑，白就是白。
然后，一颗更年期的牙率先露出它
背叛的本性，接着是睡眠
衰老的雪挡在你面前
一片雪再也磨不白身上的
老年斑块。
你失措于雪中长出的
草木和旷野
但你毕竟乐观，对生活
尚有期待。
你走进人群，像年少时一样
任时间的美向四周飞溅。

舞台剧

灯光一下子吞没舞台中心。
祈祷的少女
朝着虚无和灰烬
俯下柔软的腰肢。
在一面石墙旁，她邀请美
在她光洁的额头上秘密死去。
她邀请罪的枷锁，从爱人的身体里
取出那一根肋骨。

音乐戛然而止。人们把一个
无以名状的夜晚注入银色幕布。
他们在石墙边点燃篝火
在苍白的道具里深埋下脚步。
一颗亮着的星星拜访她，她在
黑色火焰之中。

绝望？绝望！然而你命令我：
必须立即爱上这个少女。

时间的印记

这个夜晚，独自躺在
海边小旅馆的床上
床单上水的波纹洁净
柔和。于是想象一个海底
一幅流动的画面：鱼
水草及暗礁。跳动的海的细胞
正在把此刻变成过往
而静静凝视我，如同一个异物
植入我双眼的，是天花板上
一抹静止的蚊印
它使时间充满苦涩
使过往变得又薄又脆

两个人的战争

你不会看清我们。在这场
以心为盔甲的战争中
我是废墟，而你
是灰烬。

除此没有什么可以坦白。
它对谁都不是恩赐。

2024.2.5 鬼照

听海

——————

握住一座暗礁，无数条浪的抛物线
搭上我木掉的耳朵。为了打破
孤掌难鸣的困境，一片海
以极度的谦逊把那些隐秘的词语
大声说出。

为了做一个称职的聆听者，我已准备好
一具抽空的骨架，与身外的寂静
共享一个理想的国度。

恍若回到童年。那个时候
我还没有思考过生活这件事，尚未经历
破碎和疲惫。

风起时

风起时，是树叶替代风
发出了声音。
风在树的颤抖中终于完整。
而当它找上我
几乎每天，每时，每刻
直到我写下那些疼痛的小词
直到我们坐进同一只时钟
准备倾尽所有，准备
一无所获。

慢

在速度时代
想象自己是土星
不折腾，缓慢地活
读书，种豆，
看暮色缓慢地落
做一个别人眼中的傻子
冷了多穿衣，饿了才吃饭
天在下雨的时候
等一等太阳，不在路上
高速狂奔

外衣

这个冬天
你做一件外衣
不停地修改尺寸
不停纠正
或长或短的偏差

当线穿过细细的针眼
你说暖
你说，要爱，要恨
要让日子新生

整整一生
你都在做一件外衣
一件合身的、体面的外衣
你说要暖，抵御
世间的风寒

学习不说话的爱

今天过后，我想学习不说话的爱
在你的大地上安静活着
这玫瑰花般带刺的一天
喋喋不休的一天
用话语彼此伤害的一天

雪会抚慰冬天，沉默会抚慰语言
夜幕降临，星星抚慰我们
消散在茫茫的时间之中

虚其心和实其腹

莉莉坐在仿古椅子上，
泛泛而谈《道德经》：
"虚其心，实其腹"。
像一个男扮女装的古人。
像某个隐秘角落里正架着
一台后现代的摄像机。
莉莉用两个时代过渡期的哲理，
用禁欲系的腔调，无数次
无数次告诉自己：
要向内走而不是向外求，
要用心灵生活而不是身体。
仿佛终于看清了人间。
仿佛终于参透了活着。

祇待新晴
梅塢去
青鞋未怯
踏春泥
甲辰正月
蕊娘寫

爱是一门玄学

占卦、解八字、玩紫微斗数，
用天干地支或星相学
预测一种契约关系。

在我们生活的人间，
爱是一门玄学。

追剧

————————

追一部剧
陪剧中的女人
从少女走向垂暮
陪她爱，恨。冬天结束
生命里的盐粒纷纷落下

奇迹是生活
第二次被闪电击中

我为此泪流满面
仿佛那个女人是我
在单薄的人世
苦度一场又一场
大雪压身

梦中

在梦中的江湖下一场雨快意恩仇
把雨想象成一种失传的武学招式
去吊打陈年的铁链，去扼紧霸道的
喉咙。去下一场雨排山倒海
去梦中，雨是快意的
也只有在梦中，人活着
才有这样的快意

从梦中醒来，我有了一个朴素的想法
不再拧巴，与自个儿和解。

供词

————————

习惯在夜晚造梦
醒来，弹一张散淡的琴
我早已看穿我的忧郁
虚无和苍白

一切终将向此流逝
这个被自己的坚硬一次次
刺穿的女人
我早已看穿她的懦弱
我一点也不奇怪
有一天，她会变成一个幽灵
出现在我面前
一生的供词支离破碎

脸

―――――――

漫长的一生
会遇见多少张脸
我不知道

遇见的脸上
又会覆盖多少张脸
我不知道

但我知道
只有一张脸的人是幸福的
天真的幸福

面具一旦戴上
就再也撕不掉了

时辰

时针被钉向某个时辰：
黑夜无限拉长，
白昼细成一条线。

仿佛所有灯亮起，
满场空桌椅。

这个时辰，我们消逝不见。
我们被冠以"空白"。

祖父和他的时代

沿着记忆，祖父从一个遗失父亲的
叙述中走来。仿佛一片枯叶，不失时机
擦着摔倒的危险而来。仿佛他的年代的一粒灰尘

天空蓝得彻底，万物依稀可见。降落的暮色
在死亡之眼中拖住他的时代的眼睑：十八岁
收起口袋里的笔，往腰间别上两支枪。二十八岁
狗的绳子牵着他，像另一条狗，像病弱的羊。三十八岁
终于得到安宁，在无常的人世，埋葬在旷野。

祖母

夜晚。空气里长出山野味道。

她靠墙站在门口，抽一种老牌子烟。
黑暗中，我看不清她的脸。
她站在那里，抽着烟
像一团火。

这是无数次中的一次。
我的祖父在山野
她在那里。一条通往山上的路
宁静、悲悯。

苦夏

———————

对一只蝉而言，夏天
是苦涩的，就像"四月是残忍的"。
卡不住发音器的肚腹，那一面
欲望的大鼓，如同劳役。

需要一座精神的小木屋，重新估量
炽热的意义。需要消弭一种饥渴
以得圆满。

根

当它们燃尽，我是说那些
粗粝的根，从沉重的土里
被抬上展览、抬进博物馆和小剧场
那些深扎在我身上的事物
爱，流浪，房屋和记忆
仿佛一个孩子与大地分离。

蝴蝶从土的骨髓里飞起
回归的山水不知去途。

走在银河系的小路上

走在银河系的小路上，我窥见
爱的力量，在那么多
不同的星之间。

一些星星已被摧毁，另一些被吞噬。
剩余的正在进行告别的演练
——只剩

最终的爆炸尚未完成。

现在，你走在我身边
我预感我身体里黑洞的存在
因你爱的燃烧
无限扩大。

青春

对那些危险的美感，它
如此痴迷。燃烧，然后陨落，
从这一面走向另一面。
不断重复，重复。

季节已然失语。唯有沉重的
生命依旧。与毁灭同在。
这是多数中的一个。
时间的锚，愿为它辩护。

外星球的玫瑰

争吵，梦话，用语言击溃对方
如果移居外星球，我们是否依然会
相互伤害？

每当想到这些，身上几道伤痕
梦中的宇宙飞船
带来时间机器孵育的玫瑰：银河系是它的土壤
暗物质是养料，永远
不会枯萎。

每当想到这些，我这枚
想要脱轨的地球终于完成毁灭
陨石般流泻。

时间循环故事

她爱的那个男人
一次次离她而去，落日一味下沉
在同一座时钟里。

她一次次
被爱的抛掷吞噬，连同失去的暮色
在同一座时钟里。

灵魂已经非常陈旧了
时间却年轻。抱紧落日的她
依然在下沉。

对视

————————

在一个宇宙打量另一个宇宙
一个女人的轮廓令我惊奇

她像我，单眼皮近乎抽象
流线型的鼻子模糊，又精确
人群中总是出神，枯坐时
又心不在焉。

我们之间有那么多共同点，让我
忍不住想跟她说些什么。
她却只是笑笑
不说话。
连沉默的样子也像我。

让我确信她是我另一个存在的
是我们突然的对视
如此浩大
我终于不再被黑暗裹紧。

雏菊

每天醒来，读一遍《老子》和《庄子》
看具体细微的物，哪怕是一朵
被遗忘在路边的雏菊。
风吹过它不起眼的窍孔，它在风中打战
却静悄悄。它发出千百种声音
仿佛万物的自语。
春天浩浩荡荡，天地浩浩荡荡
卑微地走在天地之间，等着风停
等着借来的弦乐像一场握不住的合奏
从我的身上退隐。终于空无一物
我忍不住想，我热爱俗世，也热爱
迷途般的欲望，只要双腿立在地上
不贩卖词语，爱一爱它们
又有什么不可以？

母亲的菜田

没有光怪陆离，没有裹挟
不需要一把功利的匕首
悬在头顶；没有人模狗样
丢开了苦撑的生活，不需要
刻意去寻找一个命运的出口。

我在爬满藤蔓的架子旁写诗
等待一株莴笋从手指大小
长成二尺高。自然生长的身体
燃烧的嘴唇在母亲的菜田里落下
雪一样干净的盐粒。

白鹭

从队列中出走，一只白鹭由此
打开它的精神窄门。

很快，它将长长的铁喙刺进湖心
翅膀指向天空，像指出另一种
活着的方式。

很快，它从大风里夺过
羽扇纶巾，一身素裹
攫住死神。

一只白鹭可以论证，我的身体里存在着
一种确切的死亡。或者说洁癖。

山中的一个瞬间

———————

最先消失的是声音
然后是鸽子，树，庞大的建筑
如棉的白替代目之所及的一切。
闪电击中大脑，带走气味。
静替代动。无限替代
思考或者虚茫。

像一只蝉脱离它的壳
你可以带走身体里的一个我
以及另一个我。重要的是
不落入空的窠臼。

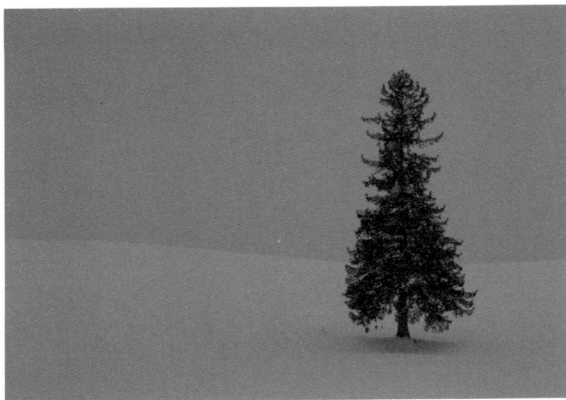

风中

我听见风在空中哭
它在哭，我在风中听它哭

我看见人身上长出伤口
今天比昨天更为沉默的伤口
一代又一代

活着，听着风声，如劫后余生般
也就不觉得自个儿的艰难了

返乡，或者盐粒

总有一天要回去， 成为一样
幸福的事物。比如一株野草
溪水和日月在身旁坐定
比如一阵空旷的蝉鸣
人情练达不是你的长项，你也无所谓
不需要装做什么都明白。

当你坐下，开始写诗
感受时间自然流淌的余温
你在你的身体里塑造出
洁白的胎体。

心与目交合如提琴般回响
平和、寂静，仿佛骨头里凿出
精神的盐粒。

抽屉

———————————

出于习惯，我总把遇见的
每一样事物塞进抽屉
记忆，梦想，一些人的爱
另一些人的灰烬

一路走来，我不断扩充它的容积
在它内部寻找无限积蓄的可能
我感觉，它的锁后面，似乎藏着
生活的辩证：
大与小，或者说，有限与无限

打开它，生是满的
闭合，一切都消失了

打开，闭合。闭合，打开。
一次自我救赎的旅程
几近完整

苦杏仁的味道

——————————

这个早上天在下雪，空气里弥漫
苦杏仁的味道。
被窝里有一个你
镜子里也有一个你

走到阳台，掉漆的绿皮沙发上
还有一个你

取下墙上的勺子，把自己慢慢挖空
通向静的路上，又有一个你

雪打在我灵魂的孔里
你的气味像苦杏仁
持久而悲伤

丧礼

————————

活着的人，活着的人
去张望一下吧，闭上的眼睛
已掉不出一滴泪

去握一握死亡的手吧，去松开
被自己压紧的弦，从活着的重里
取出一点点甜

声音

————————

而你将发出什么声音？

种子播下了吗？绿色开始了吗？
野性的生命是否又攀爬上
思乡的藤蔓？
汉语如何被喂养，流入一个
柔软女儿的身体里？
万物如何张开，流水一样
无言？

你骑上梦的铁锹，深山的盐库
打开了吗？
旅途这样漫长，你的体内
有鼓吗？

灵魂长出翅膀，岩石长出风。
爱是时间对果实最终的抵达
你种下春天了吗？

短歌

我们互不说话，走向岸边
冬天的轮廓在空气中漾开来。
我的目光是热的，宝蓝色大衣里的
皮肤也是热的。

黄昏落在后方的山坡上
离我们那样远。
我们站在这里，看不到那一边
某天，会有人发现
我们在一起，成了一对枯骨。

清白泉，或一种诗学

1

茫茫青绿中走一会儿，恍惚着
从虚到实。多重的春山在细雨中
不知疲倦地重构清白的胎体
为我指路的，除了一部以清风
和明月为修辞的笔记，尚有
一处清泉，像一副必要的支架
把一个我立起

2

自在的鸟鸣受雇于古老的遗风
一次次清洗我的喉咙，新生的瘦竹
在豁达中等待更多的绿
坐在开放的亭中，与空阔的天地
说会儿话，看一座空亭
如何向 "有" 发出邀请
就像用一把剪刀，剪去繁芜的线头

活着的多余之物。或者仅仅是
低下头，凝视眼前那些微小的命运

3

进入一眼泉的内部，我终于
可以说说身体里那些剩余之物
范仲淹胸腔里洁净的欢喜
我感觉到了。
枝繁叶茂的寂静，我感觉到了。
握住这份清白的馈赠，操练诗学
像打捞不断涌出地表的泉水里
那些平淡、古拙和质朴

而在不远处，绿一次次被给予
像古老的碑铭送来新苔，正等着
我一一认领

庙中观古

距今一千四百年，只是墓葬
大约的时间，就像猜测当年你是
古隋皇族，也有沉重肉身
也有美人在抱

也像狗，在草莽丢掉姓氏
也扮成菩萨模样，在枯骨中间
宽袍长袖，双手合十

也感叹异乡和流亡，江山如此
多情。也看庙外斜阳
枯枝和新绿
孤立无援，一个个
在大地上茫然。

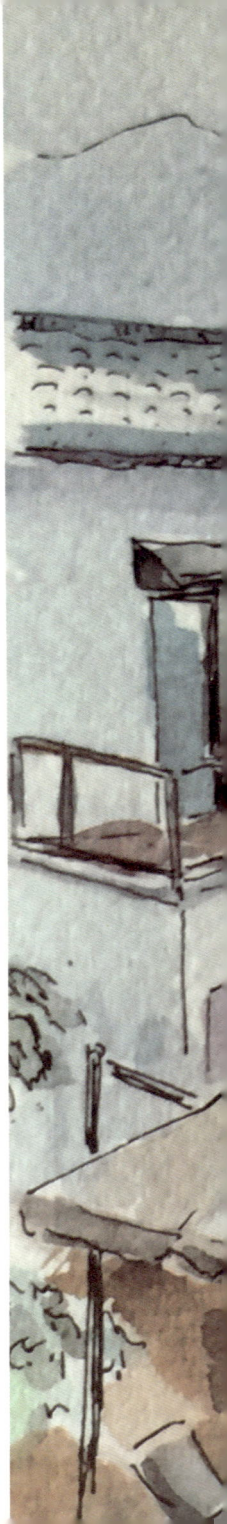

观铜雀台

古史已寂静。
铜雀台也寂静。
但在铜雀台，残垣三足鼎立
有形无形，仿佛将军
沙场点兵。
你是输赢美学的在押犯还是英雄？
你在台上得了生死还是功名？
是否好过做一个侠客，跨青骢马
舞一柄剑，在鲲鹏的翅膀里
喝它个烂醉？

清凉山

————————

得静的人是有福的，特别是
夏天。走进清凉山中

想象婴儿的本真。
鸟还在鸣叫，吞咽生活的炙热
身体里依然有一根痛感神经
弹奏出苦涩的弦音。

也许有比这更大的虚静来自空无
尽管空无正在泛滥。
也许存在来自乌有
尽管乌有也属于虚构。

范仲淹胸腔里洁净的欢喜
我感觉到了。

枝繁叶茂的寂静，我感觉到了
握在这份清闲的馈赠，操练诗学
像片绿不断洒扑地来的卷水里

那些平淡、古拙和质朴

西在不远处（绿）一次次被绘于
像古老的碑铭送来新奇，正等着
我二一认领

从虚到实，多重的春山在细雨中

不知疲倦地重构清日的胎体

和明月为修辞的笔记，尚存

把一个我立起

一次次清洗我的喉咙，新生的瘦竹

在豁达中等待更多的绿

说会儿话，看一座空亭

活着的多余之物。或者仅仅是

chenlimei
2019. 9. 25

肖像

───────

镜框里的她
吹着突然降落的大风，没有
波澜的脸上，像终于
完成了一生。

回首时，她是否埋怨命运？
铁不止一次击中她，那么多阴影
掉在地上。

最让我吃惊的，是她
凝视我们时的目光，不再需要任何
依附，像一尊雕像
在雪地夭折。

什么都不说也已经太多

与越长越瘦的夏天相比，从人群中
走失或叛逃并不算什么
反正命运是这样一个萧瑟而
无所畏惧的女人。

与某些瞎了的事物相比
什么都不说也已经太多。
死灰会复燃
果实衰败，来年会再次长出。
而诗人空无着，准备把剩余的日子
交给更大的空无。

在乡村咖啡馆读诗

在乡村咖啡馆读《爱情之谜》，低音
总是先于高音更快地旋进咖啡机
总是比市中心的豆子磨出
更饱满的焦糖味。

读，大声读。打破冰冻的音节，打翻
一卡车一卡车建筑废料，滚进瀑布般的喉咙
连成一片。

凝视的苦楝树在消失。眩目的危崖在消失。
难以启齿的爱情在消失。隐秘的回忆
一个叠加在另一个片段上，碎布般
拼凑不出完整。

总有句子疾驰着穿过死亡抵达舌尖
总有疯狂与心脏融为一体，把我
拉出虚空状态。

读，大声读。在阳光下读。在阴影里读。
让生活温和地握住我的手，让匕首般的阳光
剖开隐身的你，令你在一首诗里显形

观山

———————————

去掉一身倦怠，
去山水间。

静悟，洗尘，自在。
濯心时观山不动，听鸟鸣。
想象年少时的本真
和自性。

然后下山，把顶天立地的瘦竹
和万里清风载入家谱
做我回归尘世的清白近亲。

观水

在水的源头，观水的有形与无形
卑微与浩大。
我看见可以装下水的
许多皮囊：水库、湖泊、河流；
池塘和雨雪；能抵达任意高度的云。

穿行于深山秘境的溪水，正在把
新的长亭和短亭搬运 。老井里
蛙声不知疲倦地欢唱， 活着如此
苦涩而幽美，像一场幻觉
我几乎就要唱出感恩的歌。

这是水教给我的。没有什么
能够真正将你捆绑。

诗人一种

1

空白，空白在持续。他于空白处
继承一抹阴影：左手是事物的本质
右手提着信仰的斧子。

2

他憎恨大理石的风景，憎恨流水线
以及互联网。时常弓起世纪末的
背脊，与造化争妙。

试图说出更多可能，证明颠倒
是幻象的预谋
断裂获取另一种延续。

像事物在坚硬的内核里沉睡千年
星光暗下来的时候，他开始仰望
以便透过云层的栅栏
抵达更辽阔的黑暗中心。

3

他努力奔跑，以此对抗

忧愁和寒冷
一种水流断裂的声响在寂寥的
夜色里涌动，随之而来的
是信或者不信
那些双脚顶住大地时
发出的回声。

天色渐亮，黎明变幻莫测
从一棵倾颓的树
攀爬上人流颤动的街头。
贫穷击中他，冰冷的碎石
打压他。

怜悯！呵，怜悯？
对虚无和记忆的惩罚无所惧
他再也不需要什么怜悯。

4

人影渐散，夜色倾覆。
他在奔跑中遇见自己
从记忆深处逃来
当他捎带忧愁的目光

漫不经心地掠过镜中之脸
那双重叠着灵魂的眼睛
倒立在夜的面具上。
那些过往从巨大的网中传来
命运的猫步在其间溜达
一种分层将它轻轻撕毁。

5

疲倦的是水塘上空熟悉的呐喊
开始低沉。人们的交谈变得温和。
他抬起被光遮蔽的眼睛
此时，他的眼睑依然深陷在暗中。

他坐下，试图从干涸的泉眼
采撷一段古老的哀歌。

没有人察觉他的到来。大片
芦苇以一种枯死的形态在更远处显现。
沉寂迅速扩散。孩子们穿过
黄色枝干，在他的影子面前平静下来。

——仿佛鸣响的晚钟已永远

停止了悲叹!

这是多么徒劳的期望!
他怎样到来,必将怎样离去
就像一只没有纹路的手掌
把一切悄悄覆盖。

登山

越向上，固有的
庞大越轻盈。
时代广场缩小了它的版图。
古木成为无差别的沙
与朝生暮死并无不同。
山底的江水成为时间的具象
我近视的目光向无尽展开
在向上中，流向无限
——我无须人类的眼泪
就像我不为怜悯存在。

棱镜之谜

———————

一开始，我希望
我们的爱情类似棱镜
不是单面的：
从一个日常出发，走向不曾预设的
多重可能。这意味着
我们将始终是两条曲线
在缠绕中保留自我。

后来，我希望爱情
是一列火车，变轨的刹那
握住一同降临在身体的实
来不及留白。

再后来，爱情是一间牢房
我们在盲目中死去，它才向世界
敞开。

爱情之门

———————

我不忍告诉你那些隐情，为了
重拾记忆，我已被
失眠判了缓刑

那扇爱情的铁门，是我握不住的
拉线，它犹豫着开启
又偷偷关闭

如果我能冲破那道门——它看上去
无动于衷
也许我该奉上全部的灵魂
——对失去
表示宽容和欢迎

读博尔赫斯

书桌上，花瓶蜷缩着，时间
穿行在门与门之间。
混杂的气息中，我分不清
有一种什么东西它总在那里
倾颓的废墟。或者从坚硬的碎石中
滋生的幻象。它使此刻成为此刻变得
无比艰难。而现时又将过去。
在彻头彻尾的荒诞中
我以我人生变化的全部力量
无可逃避。无论哀告还是抵抗
毁灭的结局并无不同。然而，我惊奇于
我的平静。天空白得像陶瓷。
仓促的密集的空墙。躁动的虚茫。
它究竟从哪里来
哪里又是它的目的地。

读张爱玲

苍老而华美的袍子
横亘在窗口。你曾向它
屈膝下跪，将那些奇怪的
阴影迎进来。
在荒凉花园，它试图保持
静默不语的容量——
站在陡峭的生活之上。
在黑暗丛林，它撕扯着空气
跟意识开着固执的玩笑。
这又会有什么意外收获？
对于生活这串漫长的省略号
渴望从疾驰的星空
坠落到深夜的旷野。

读海子

时常，一个高烧病人的低语
还在你瓶颈上不断奏鸣
你又陷入疯狂暴风雨的中心
暴雨以其奔驰击碎夜，以及
你内心的薄雾，岛屿的白色墙壁
一面面掠过黑色暗礁，星辰、
马匹和麦地伫立在意识的洪流中。
那里有隐忍的尖叫，额头上古老的悲伤。

但你是一只巨大铁鸟
在大海深处缔造狂热的命运。
你是金色大理石内部的火焰
以一场持续了整个夏天的阴谋
轻轻叩击隐秘的时间。
当太阳再次归来，你的幻象
如大地缄默，一只迷人的白色蛾子
正在挣脱厚厚的茧。

倒立行走

友人说，他曾在一块绊脚石上

操练心性

它会把死人

砸出重生

但他不是死人

也没有从跌倒的位置跳起

他镇定，腰缠万贯诗学

灵魂里长出对一块石头的不屑

尽管他的手掌已成花苞形状

碎瓣裹紧

倒地时迸出无数火星

下一刻，就要朝庞然的物

做出反击

一个声音告诫他

学会忍耐

有一次，他终于找到常胜的诀窍

当大脑给四肢下达指令

把生活的阴影撞击成碎片
他就倒立行走
不停地说不
让四肢探进黑暗深渊

另一次，他说他对这技巧
已相当娴熟
无非在鞭笞中适时放出
一个豁达的笑

这是东方智慧
近乎一种美学

但在另外的叙述里
我更愿意他有别的结局
更愿意他的身体
始终缺少发笑的开关
遥相呼应的，才是佛陀般的笑
一种顺服
以及不必要的忍耐

分手后

难以置信，与你分手后
所有事物都失去了
原来的颜色。孤独失去孤独的
颜色，快乐失去快乐。
如今最好的回忆，是那个夜晚
——穿上纯色长裙，点亮全部激情
我像白炽灯，攀爬上
黄昏的装订线。庄重，咸涩。
这是真的。我偷盗了别处的暖
背叛了我们的爱情。假如再来一次
我会蒙住眼睛，在你离去之前
用谎言挽留，并且狠狠哭泣
像其他女人那样。

一切艺术都是平常

写下一个句子，走到屋外
我准备同墙角的狗尾巴草
谈谈内心的喜悦

——关于为什么把一株草引为知己
它微小，普通，没什么特别

一切艺术都是平常，如野草般
谦卑和常见。

朴素的想法

回到出走的村庄，做个山野女子。
造一间小屋，不大，刚好够住
种几块菜田，三餐都有青绿。
穿上粗布衣衫，我可以自由奔跑
可以席地而坐，可以放肆大笑。

这里从前慢，现在也慢。
古香樟安坐一隅，季节有序
每一棵植物都诚实。
没有人来的晚上，就和山水说说话
再煮一杯叫"小欢喜"的茶。

回到村庄，就这样与世无争地活着
多好。

晨象 2023.4.30

谢安墓前遇孔雀

墓在寺院，在风中
充满了矛盾之美
一个遁世的人怀抱孔雀
消失在时间深处
寂静是他的
佛祖也是他的
而我是见不到实相的人
一次次走入避难的古意
一次次虚妄在那里
茫然在那里
等待那个怀抱孔雀的人
展开一身空的袈裟
在残碑里飞
在寂静中飞

在山野独行

走在山野，一想到苦难
并未降临在自己身上，我便泪流满面

愿每块尸骨都有一个洁白无瑕的未来
那些无人祭奠的荒茔，我同样为你祝福
愿你来世不再没有依傍，不再孑然一身

穷途的亡魂，也请你与命运休战

天空那么高，白云那么美，想到苦难
并未落在我身上，我便泪流满面

道琚老街

十二月

狂风控制大地。
雪花立在窗玻璃上，
沉重，迅疾。令人窒息。
一切快得不可思议。

这是十二月的天气，
我在你怀里，冷得要死。
只是我默不作声，
也不再哭泣。

致六月

但这一次，你将不能把我否认
当六月的钟声传来
故乡的空气变得稀薄。

而六月的晨光，是匕首
是离别时远去的背影
是冰块在血液里的低声呜咽。

于是我重新认识了世界。
于是我向狂风祈求宽恕。
我比记忆中更热爱即将到来的疯狂的夏天。
我——是那黑夜的风箱的手柄
深陷墙壁，几乎就要将自己折断。

被烧掉的一小块草坪

我的注视加剧了它的疼痛。
残存的根须在黑暗中辩无可辩。
因为时间巨大的裂隙，坚硬的
外壳，以及内部柔软的
肢体已被摧毁。
一切渐渐回归静默
只有疼痛的灰烬
将火焰冷漠地钉向地层深渊。

而燃烧后的发言
来自岩石和一把愤怒的沙砾：
绿色要一寸一寸揳入
草坪的哀号
穿越土壤深处更为焦黑的浓烟
直到石头变凉，从疼痛中抽离出来
——它被重新植被。